2024

铸牢中华民族共同体意识

中国少数民族文学之星丛书

重叠的事物

牛依河

——

著

作家出版社

编委会名单

以民族的情意，打造文学的星辰

——"中国少数民族文学之星"丛书总序

邱华栋　彭学明

　　"铸牢中华民族共同体意识——中国少数民族文学之星"丛书是中国作家协会少数民族文学发展工程的项目之一，于 2018 年开始实施，由中国作家协会创作联络部具体组织落实。出版这套丛书的初衷，是在少数民族文学创作领域贯彻落实习近平文化思想，不断夯实铸牢中华民族共同体意识的文学责任，培养少数民族文学中青年作家，打造少数民族文学精品，为那些已经在少数民族文学界和全国文学界成绩斐然、广有影响的少数民族中青年作家再助一力，再送一程，从而把少数民族文学最优秀的中青年作家集结在一起，以最整齐的队伍、最有力的步伐、最亮丽的身影，走向文学的新高地，迈向文学的高峰，让少数民族文学的星空星光灿烂，少数民族文学的长河奔流不息。以文学的初心，繁荣民族的事业；以民族的情意，打造文学的星辰。

　　入选"中国少数民族文学之星"丛书的作家，必须是年龄在50岁以下的、在少数民族文学界和全国文学界广有影响的少数民族作家。不管是否出版过文学书籍，只要其作品经过本人申请申报、各团体会员单位推荐报送、专家评审论证和中国作协书记处审批而入选的，中国作协将在出版前为其召开改稿会，请专家为其作品望闻问切，以修改作品存在的不足，减少作品出版后无法弥补的遗憾。待其作品修改好后，由中国作协统一安排出版，并进行广泛的宣传推广。

中国是一个多民族的大家庭。每一个民族都沐浴着党的民族政策的光辉、感受着党的民族政策的温暖，都在党的民族政策关怀下，蓬勃发展，欣欣向荣。在这个伟大的新时代，我们正创造着中华民族的新辉煌。每一个民族的发展与巨变，每一个民族的气象与品质，都给我们提供了生生不息的创作源泉。我们每一个民族作家，都应该以一种民族自豪感，去拥抱我们的民族；以一种民族责任感，为我们的民族奉献。用崇高的文学理想，去书写民族的幸福与荣光、讴歌民族的伟大与高尚；以文学的民族情怀，去观照民族的人心与人生、传递民族的精神与力量。

我们期待每一位少数民族作家，都能够到火热的生活中去，到广大的人民中去，立心，扎根，有为，为初心千回百转，为文学千锤百炼，写出拿得出、立得住、走得远、留得下的文学精品。不负时代。不负民族。不负使命。

目 录

〰

第二辑　　慢是一种天赋

第三辑　　大地的演奏

情感交融的和谐奏鸣曲

——牛依河诗集《重叠的事物》序

石一宁

"80 后"壮族诗人牛依河出生于喀斯特群山环绕、红水河穿越而过的桂西北。独特的自然地理景观，壮族、瑶族、毛南族、仫佬族等多民族和谐聚居的文化环境，为牛依河的诗歌创作提供了源源不竭的灵感。《重叠的事物》这部诗集是诗人执着于抒写和表现多民族生活的绚丽结晶。在这部诗集中，我读到了诗人对现实生活的细察、对八桂风物的热爱，更感受到诗人对各民族同胞的深挚情感。

诗集《重叠的事物》共收录诗歌一百六十多首，分为三辑。第一辑"重叠的事物"主要以民族融合生活场域为背景，抒写了诗人的民族文化自觉和担当。牛依河用《重叠的事物》这首诗的篇名作为书名和第一辑的辑名，用意也许正是想表达对所热爱的事物、所心怀的情感的叠加与融合之意。"一块石头与我重叠／有来自大山的静默／一条河与我重叠／是我身上的动脉／一株野草、一串稻穗、一个苞谷、一枚果实／是我画在大地上的颜色"。"石头""河""稻穗"等事物都是诗人生活的桂西北地区常见的事物，作为诗歌的意象，它们表征着诗人对这片土地的深情。当万物与"我"重叠，"我"也便成了万物的颜色。在《一盘好

棋》中，诗人更直接地表现各族人民和谐相处的欢乐情景："他们可能
是老覃、老黄、老韦、老蓝、老卢……／来自不同的地方，成为近邻／
他们说壮话、普通话、土白话、瑶话、平话……／各操各的方言，却不
妨碍交流"，"多好的一盘棋呵／一群鸟雀在他们头上的枝叶间／和着人
声，叽叽喳喳好不欢快！"诗人通过下棋的场景，营造了团结欢快的生
活氛围。《石头里的脸庞》《甘蔗甜》《河流之上的图腾》《路上的木棉》
《赶歌圩》《抚摸一面老铜鼓》等诗，亦借助自然意象和民俗文化意象表
达一种不可分割的民族情感，把各民族和谐相生的日常生活图景注入到
民族地理空间之中，从而建构了一个民族团结和谐的精神认同空间。

作为在农村长大而后进入城市工作生活的当代青年，牛依河见证
了新时代少数民族地区山乡和城镇的巨变。诗集第二辑"慢是一种天
赋"，展现了城乡生活变迁中诗人的生活状态和思想特质，通过对周边
人、事、物的细微观察，表达了对现实美好生活的欢欣之情。在《早
晨，一个盲人坐在花下》中，诗人写出了"盲老头"所感受到的温暖：
"这美好事物的本体和喻体／若即若离，摇曳在／盲老头看不见的晨光
里／那孩子突然叫起来／爷爷快看，太阳出来了！／盲老头可能从没
见过朝阳／他侧着脸，说／是啊，好暖！"诗人通过盲人的特殊感受表
现积极的生活态度。"盲老头"看不见盛开的鲜花，也看不到慢慢升起
的朝阳照射出的暖光，即便"阳光被高大的建筑挡住了／并没有照射
到他们身上"，他依然会说"好暖"，这是"盲老头"对生活的热爱，也
是诗人注意捕捉生活中的诗意的艺术敏感。诗歌是精神的独语，也是心
性的外化、人性的张扬，在生活中细致地观察和沉静地思考，就能发现
人性的闪光。这一辑中，多次用到"盲人""夜""暗夜""寒春夜""静
夜""暗光"等意象，象征着诗人对心灵深处的探幽。诗人所作的努力

就是冲破黑暗，走向光明。在《寒春夜》里："胸前的合掌像花蕾推迟开放／愿美好的事物下一刻降临"；在《夜航记》里："我是一个穿行时间的人，在漫途上，／寻找生活的亮光，／平淡而透明的现实"；在《黑夜中的光》里："人们打开灯，照见彼此闪烁的脸／和内心／／一个人在微光里喘息／要证明自己是火焰"，等等。这些诗句是在一种平静温和的心态之下对生活的深沉体悟，航行于思想之海的诗句，把光明投射给世界。

诗集第三辑"大地的演奏"，主要抒写广西各地的地理和风物，展现了八桂大地的壮美风光。牛依河以其敏锐的洞察力和出色的艺术表现力，将八桂大地自然的美妙和深邃融入诗篇，形成了独具特色的自然意象。这些自然意象不仅丰富了诗歌的内涵，也反映了诗人对自然与人生的深刻思索。"我爱上这座大地的钢琴，她在祖国南疆／用水弹奏巨石做的琴键"（《一座大地钢琴的演奏》），诗人将德天瀑布比喻为大地的钢琴，巨石做成的琴键，弹奏出热烈奔放的情感，叩开多少人心中的壮阔与空灵。"那么多年了，却一刻不停，在静止的石头上／为丰收，为神明，为祈愿美好生活／进行一场永不落幕的舞蹈"（《花山歌》）。花山壁画上跳蛙舞的人群，是壮族祖先的身影，他们的舞蹈是人们对美好生活的祈愿。"我不知道，我所穿越的这座喀斯特溶洞／是不是一个巨大的胃，它所咀嚼的／是不是我所想象的，人们所期待的／那种长生的愿望"（《长生洞之问》）。喀斯特地貌典型的溶洞景观，由于其形成时间之久远，也寓意着长生之意。诗人以简练的手法描绘出桂西北独特的自然景物，表现人对自然的盎然兴趣与共生愿望。

诚然，诗集《重叠的事物》凝结着牛依河诗歌的独特艺术个性和审美价值，但它更是民族文化风貌和诗人精神世界的呈现。多民族历史与现实生活的情感旋律，铸牢中华民族共同体意识与构筑中华民族共有精神家园的时代强音，在诗集中交融回荡，奏响了一阕和谐奏鸣曲。

（石一宁，中国作家协会全国委员会委员，少数民族文学委员会副主任、中国少数民族作家学会副会长、《民族文学》原主编，二级编审。）

第一辑

重叠的事物

一盘好棋

冬日的阳光穿过树叶

落到一群下象棋的老人身上

那里是我们小区最热闹的地方

从小区入住之初至此

他们都没停止过"交手"

他们可能是老覃、老黄、老韦、老蓝、老卢……

来自不同的地方，成为近邻

他们说壮话、普通话、土白话、瑶话、平话……

各操各的方言，却不妨碍交流

将军了就将军吧，悔棋就悔棋吧

和棋就和棋嘛

他们有时候和和气气，欢声笑语

有时候争得面红耳赤

却不曾因此散过

儿子问我，他们在干吗呀爸爸？

我说，爷爷们在下棋

多好的一盘棋呵

一群鸟雀在他们头上的枝叶间

和着人声，叽叽喳喳好不欢快！

2023.12.24，于南宁

南方四行

我坐拥的南方，群山和树林的故乡
打开地上的灯火和夜晚的星空

写完诗，我在虫鸣巨大的环绕声中
在黑夜的余烬里，复燃

2024.1.6，凌晨

寻找将军

我们从夕阳里

驱车驶入群山的暮色

我们要去寻找红军将军

他之前一直在史书里

在人们的心里

这次，我们要去访传说中

他山中的故居和墓地

两束车灯带着我们在黑夜中辗转前行

驶出国道上县道

出了县道走乡道

导航最终把我们逼上无名小路

我们在荒野中辗转多次，却不明方向

我们迷失了

找不到将军

正当我们不知所措，一阵风吹了起来

周遭似乎隐藏着一队飕飕的夜行军

草木是黑暗中浮动的旌旗

要带我们杀出个黎明

2023.12.30

秋　夕

山中此刻
应该很凉了吧
金色的稻田沉睡在黑夜里
但并不能发光

我曾和伙伴们到收割后的稻田里捉迷藏
我躲进黄昏的稻草堆里，睡着了
醒来时，伙伴们都不见了
像逃离稻穗的谷粒隐没在秘密的夜晚
繁星之下，我以为
自己就是最后一粒遗留在稻穗上的谷子
被夜色和虫鸣包围

我也曾手持镰刀
弯腰，狠狠割倒一大片黄色的稻禾
把稻穗脱粒，装袋
把它们一袋袋往家里扛
等干完这些，天黑了
我泡在山脚的泉水里，洗却

一身的污泥与瘙痒

多年过去了，我仍然
无法洗却内心的这一些污浊与瘙痒
但并不感到耻辱

2021.10.5，凌晨

石头里的脸庞

有时候是一只鹰，一只羊
有时候，是父母
或是某个儿时的玩伴……
他们的脸庞从石头里慢慢浮起
由模糊渐渐清晰
有石灰岩青灰色的质地
潮湿，静美

他们每一次浮现，似乎
要来告诉我什么，却欲言又止
我凑近去看
他们又隐退回多雾的早晨
从那里长出的蕨类植物
仿佛一根根要与我交流的触须
卷曲而生动

2023.11.1

甘蔗甜

每次路过这大地上的甘蔗林

我总会记起小时候，母亲带我到地里

给甘蔗剥叶

我们总被蔗叶割伤

被不知名的虫叮咬

我边抓痒边剥叶，边想着未来的甜蜜

在我们的护理下

一节节甘蔗一天天向上爬升

反射出诱人的质地

每次下地，我总问母亲，能吃了吗

她总说，还不够甜，得再等等

直到黑黑的甘蔗拔节高过我，高过母亲

甜，才从一节节甘蔗里

从我的嘴里，顺着喉，流到我心里

与沉浸在那里的甜

呼应、重合

2024.1.15

甜

如果把"甜"字拆开

一部分就是"舌"，身体的一部分

是我尝试和践行生活的一部分

是甘苦酸辣咸的永恒试纸条

一部分是"甘"，是我选择的味道

是幸福指向

是我为什么一直穿越丛林却从不迷失的

指南针

2024.1.28 改

重叠的事物

一块石头与我重叠

有来自大山的静默

一条河与我重叠

是我身上的动脉

一株野草、一串稻穗、一个苞谷、一枚果实

是我画在大地上的颜色

一座悬崖与我重叠，有陡峭的灵魂

一座湖与我重叠，是眼中的冷暖与深浅

我的心长成了刀形

不知是什么时候的事

钝了磨，磨了又钝，不断割舍

情愿的和不情愿的

而我保留了

一只羊的模样，父和母的轮廓，慈悯的叫声

我的良善源自它们

一路前行，更多的事物将与我重叠

或告别

2022.4.25

路上的荆棘

刺芒扯破手指，留在肉里

血流了出来

我向生活索取得太多，总该付出点什么

2022.6.6，芒种

天上的母亲还在操心我们的事

母亲去世后，幼小的女儿问我
奶奶去哪儿了？
我说，你奶奶到天上去住了
一个很美好的地方
女儿信了，她望着天，仿佛在寻找
她奶奶天上的住所
有一次，女儿指着树上的鸟，说
爸爸，可以帮我抓那只小鸟下来吗？
鸟儿似乎听到了女儿说的话
扑棱飞走了
我说，鸟儿飞了爸爸抓不着
女儿说，你快给奶奶打电话吧
让她在天上抓住鸟儿
我突然愣住了，不知如何回答
我抬头看天
一阵风拂面而过，像是母亲飞过
正在努力追赶空中翻飞的鸟儿
她还在操心我们的事

　　　　　　　　　　　　　　　　2022.5.7

归　途

我终于回到家了
而一路上，我并不知道
哪条是别人的路
哪条是自己的

我突然记起多年前
母亲坐在我的车上
从乡下老家刚来到我生活的城市
她看着车窗外的滚滚车流，问我
这么多车，它们要去哪里

2023.9.15

四月，途中的祝福或忘却

四月，世界依旧被繁花密草统治
也有一些花开始退去，微隆起果实的圆润

花和花之间，蜜蜂采集季节的证据和蜜
鸟用我们听不懂的语言，忙碌相爱

我们迈开脚时还记得互相祝福
却又在繁忙的途中，暂时彼此忘却

危险之物埋伏在道，有抽象的面孔
我们避开人群，都在寻找孤独的安全感

2022.4.1

逆光的河流

如果对眼前的事物不满意
我会虚构一个更好的，来填补内心的
缺憾

此时便是如此。我站在高处
望向河流，毫无波澜与声响
并不令人满意的流逝
像液态的柔软的梦，在逆光的视域里
变幻，极速丧失与重构

被涤荡过的岸边礁石
移动并不明显，以致
我以为它们不曾改变过
像一个不变的初衷，一种苔藓
静静地呼吸

2021.12.19，正午

野草能缝合心中的创伤

清明时节，我喜欢

到野外摘野菜

鬼针草，艾草，香椿，白花菜，雷公根……

我喜欢它们微苦的味道

我掐断它们的茎叶

不怕它们疼。因为

这个时节，伤口容易愈合

很快就会长出新芽

这个时节，我种过地

也往土里种过亲人

那一个个坑，像大地的伤口

我一点点回填

一年年的，野草长上了坟头

尖尖草叶像手术刀，那错综的根

像治愈乡愁的缝合线

缝了拆

拆了又缝

2022.3.29

途中的覆盆子

清明，我们喜欢在前往山坡密林

的途中摘覆盆子

红红的

像迷路的人打着小小灯笼

从山岚迷雾中寻找返回人间的便道

给我们送甜甜的果酱

我们摘够了

它们伸出钩刺

扯住我们的衣角，像真诚的挽留

刺进肉里的

像来自隔世的疼爱

2022.3.29

寒　芒

我认识一种草叫五节芒

也叫寒芒

母亲曾摘来扎成扫帚用来扫屋

扫不扫得了天下

那时，我并不知

我见过的一种光

也叫寒芒

母亲时不时从月亮上伸出手

穿透薄云

用清冷的月光抚摸我

2022.6.25，凌晨

卖　菜

在路边，一个母亲
抱着沉睡的孩子卖菜
卷心大白菜堆在地摊上
像等人认领的孩子

一个人弯腰，选了选
发现不是自己的孩子
转身走了
一个开三轮车的人，停下来
不分美丑，捡了一麻袋
全都装车拉走

那个母亲卖完菜，起身时
怀里的孩子从包被里露出小手
嫩嫩的，像刚发芽的植物伸出触须
小心翼翼试探着
它初来乍到的尘世

2022.1.24

河流之上的图腾

在花山，蛙人身上涂抹的红色
至今仍在人们的血液里流淌
像大地上不息的明江

跳蛙舞的图腾高过河面
却在清波的倒映里起伏
俯视千年轻筏转过河湾
流水不腐，鱼摆了摆尾游回岁月深处
闲观浮云聚散
飞鸟收住翅膀，射入灌木丛
木棉花一路盛开，像点燃的火把
照着路上的行人回家

击鼓而歌的人走下崖壁，来到我们中间
祈愿人间静好
青竹抱住河流，拜托时间慢点
我抽出内心的刀镰，在河边磨好
要把诗意像谷物那样
收割回去

2023.5.22

路上的木棉

我去崇左时，崇左正在开花
很多木棉树正在开花
那是她们的家。她们很忙

我老家也有木棉，我爱她们
我此刻去往异乡路上，却以为是在回家途中
另一个花开的地方

我拾起掉落的一朵
在春天里沉默
再过两个月，她们结的果子将会炸开胸膛
柔软的棉絮像我
也像白云
风，吹送我们去远方

2023.5.21

赶歌圩

八桂大地是一座茂盛的山水花园

在赶歌圩的路上

我依次辨认出流水、蛙声、鸟鸣和铜鼓声

我从青山秀水里，看到一个新的故乡

从乡人的眼眸里，认出最亲的亲人

三月初三，人们投身于一场生命的潮流

每一句山歌，每一个唱词

都是朴实的心灵咏唱出的朴素愿望

我听到的每一声呼喊和回应

是爱情的倾诉，友情的诚挚

是劳动的勤恳，丰收的欣喜

是欢聚或挽留的表达

唱山歌的人似在进行一种自我证明

那隽永的、永恒的歌调

那渐渐老去的面孔，那初生的人间稚芽

那阿哥阿妹们，满脸盛放着节日的欢欣

他们沉浸在歌海里，在时代的浪潮中

采撷硕果

2023.4.22

化　缘

在老家，一座座青山
在风雨中打坐，雷打不动

天，是一座巨庙
生长的作物像朝天的香火，慢慢
向秋天掉落暗色的香灰

人们举锄头，像举起钟杵
撞向大地。撞得多了
能从土地那里化到的缘，就更多

2022.1.5，凌晨

抚摸一面老铜鼓

在东兰一个铜鼓生产厂
我抚摸一面老铜鼓
薄薄的青绿铜锈覆盖鼓身
像被历史的薄雾笼罩，神秘却亲切
那隆起的冰凉的纹路——
飞腾的龙、起舞的羽人、牛马鱼羊鸟
围绕着圆形鼓面正中的太阳纹
这个被反复敲打过的地方
显露出锃亮的铜色
像万丈光芒延伸出去，照耀人间
我仿佛看到一幅亘古图景
人们听着鼓声
劳作，祭祀，狩猎，欢娱，庆祝……
从未停止生息

难以置信，这样一面老铜鼓
与众多新制作的铜鼓放置在一起
仿佛历史和现实的错空交融
奇妙而合理

我举起鼓槌，敲下去
那声音扩散开，翻越我的心灵和群山
在八桂大地上回荡

　　　　　　　　　　　　　2022.7.20

美好的事物

苍山于远
我用手指比画它们的曲线
遮着雾霭的水墨世界
阳光穿透寒冬
从近处的河面弹到我眼里
于是，看什么都明亮了
草叶甩落露水
这些清澈的事物，我就坐在它们中间
像一块被打湿的石头不为所动
坚持在时光的流转里
树伸出手，感觉需要帮助
以索取更多的甘露

你看，新年的境遇如此奇妙！
布满刺芒的坚果壳落了一地
那不是陷阱，那是
陈旧之物在尘世中显露的锋芒
美好的事物像南方青草
正从中生发

2021.12.24，凌晨

回乡偶书

很久没有回来了，什么都已变得陌生
仿佛我从未在此有过童年

直到我举起酒杯，才有回归的感觉
对面的人醉话里全是熟悉的事

落叶在空中盘旋，故乡在风中翻卷
野草是大地与人世之间标明的界碑

村里剩下的老人还记得我
已去的老人，我又想起他们

2022.1.29 作，2022.2.8 修改

迷 雾

我多次目睹城市的高楼

把顶部隐藏在雾里

那里并不住有神仙

像先前在乡下老家看到的

山腰的雾缓缓向上爬升

直到把山尖全部笼罩

我从山上的地里回到村庄

以为会更接地气

而迷雾并未从身边消失

它薄薄的，压住每座说方言的屋顶

似轻又重

那么多年过去了

有时，我仍然深处迷雾

辨认一些脸

似懂非懂

2022.6.26

失眠的雪

一粒雪，心中不能有暖，不然融化了
就见不到自己的洁白

一粒雪，掩埋了比她小的事物
比如一个人惦念的南方

一粒失眠的雪，割开内心的冰雪
抱紧自己，像夜晚中的人头发花白

一粒雪，在生活粗糙的表面滑行
那是一块折射的镜面

雪，在雪中照见自己
干净的理想，和俗世的烟火

雪对雪说，生活便是如此
你好自为之吧！

2021.12.27

蜕 变

是谁，在替我爬行？
从此地到彼地
贴紧潮湿的泥土
大地从不会欺骗一个行进中的人
我该是温暖的

是我，在独自爬行
我替换掉那个陈旧的我
把皮蜕在寒冬深处
把自己送入新的一年
新的景致
崭新永远属于不断爬行和蜕变的人

2021.12.24，凌晨

祈 愿

我停下来。总有停下来的一刻
停在新年旧岁之间
停在晨昏之间
停在冷暖之间
停在树下，想象自己是一颗落下的果实
在新泥旧土之间，祈愿
自己有一个美好的未来

那些不为人知的秘密
我也无须究其真相
那些安静的，我也不去触动

在生活和理想之间，我祈愿
在冰雪之上，堆塑出一个沉静的
有温度的自己

2021.12.24，凌晨

母亲在云上

我第一次看到云上的山

是母亲你带我去山顶收玉米

远处的另一座山尖尖从云里露出来

那时我不知道

山那么重，怎么能浮在那云上

我那么重，怎么能挂在你心上

多年后我也不知道

你那么重，怎么能活在这世上

你那么重，怎么就不在了人间

嘿，你飘上去，飘上去

也浮在了云上

嘿，母啊母，你是一座山

你那么重，又变成雨

从云上落到我心上

2023.3.23

母亲和小青

一年夏天的傍晚
母亲从山上砍柴回来
她刚卸下肩上的柴火
便发现一条青蛇盘在上面
它应该从山上就随母亲一路到家
母亲吓青了脸，全身发抖
青蛇被正好路过的乡人
甩进附近的草丛
它蜷曲着，慢慢蠕进暮色

多年后，我想起《白蛇传》里
调皮捣蛋的小青，喜欢捉弄人
她要成仙，尚需修炼
以便，她到天上遇到我母亲时
不再失礼

2022.5.7

三月的母亲

在三月的路上，我遇到一个人
长得像我母亲
我停下来看了好久
春天里的母亲，都有那样美好的笑容
她的脸红彤彤的，在阳光下
闪耀着慈祥的光

我知道，她不是我的母亲
我母亲在乡下，已是地里的一堆土
春天的青草，一定长上她头顶了
她如此明显，反复提示我
她在故乡的具体位置

2022.3.2

割菜人

弯腰割菜的人像驼了背
背一个生活的包袱

她不停地割菜
而时间割她身上的皮肉

没有什么可以填平
她手指上的裂痕
前额的垄沟，内心沉降的愿望

在风的陈述里，几只鸟吃饱了
从菜地里叽叽喳喳飞出去
想挣脱大地的引力
过上幸福自由的日子

2022.1.26

天色将亮

楼宇仍披着夜色，陪未醒之人

继续沉睡

冬眠的石头一动不动

一块压住花盆，另一块压住我

兰花伸出兰花指

指向阳台之外的空茫

住在天上的母亲面庞干净

总是比我醒得早

天色将亮时，她再次来到我梦里

像可以治疗疼痛的风

手指的裂缝里

有治愈乡愁的药引

2022.1.11，凌晨

呼　吸

我喜欢听自己的呼吸
一夜一夜的
微茫的存在

像听一首歌单曲循环
和内心的事纠缠在一起，直至完全迷失
在睡眠里

我醒来时，还在听
不厌其烦地——

一定是不愿放弃倾听
所以才选择
继续呼吸

2022.1.10，腊八之晨

眼前的少年

我们眼前所见的少年
在镜子里观察自己，模仿飞行
我们也曾经如此，那时，哪知什么
故人相惜，见一面少一面

2021.12.11

时间的消息

又一个人离去
向后撤的记忆深处沉下去
每个冬天，都有人扛不住
衰老和寒冰的结盟

早晨的阳光，像冒细泡即将沸腾的水
在楼宇和人们的头顶漫开
岁月长短疾缓，不堪数
一具肉身在时间的经纬中崩塌
这并不奇怪，是多么常见的事

生死之间
只有时间被承认以永恒
鲜活与腐朽，都来自泥土的沉默
生死都是吃土的

2021.12.2

解 药

人们早已习惯在误解中

彼此保持舒适的距离

时间推动彼此之间的云朵，郁积的块垒

飘荡，聚散，成为

成千上万的词语碎片，沉默中

被拆分的表达

夜幕降临之时，风吹过人们中间

试图缝合一切裂缝

我轻轻地摇着

臂弯里浅睡的孩子，一丛寂静的薄荷

弥散的清香

如同夏天微凉的解药

2021.8.24

国境线

开往凭祥弄尧的车上

移民管理警察小周

指着窗外一片苍翠的山，说

再往那边一点就是国境线了

我顺着他指去的方向，仿佛看见

一条线在山间蜿蜒穿梭——

一条虚线，在我内心渐渐变实

神圣，不容侵犯

2021.11

给界碑描红

在平而关，我拿起毛笔

给界碑描红

柔软的笔尖将红漆填进字里

仿佛将我鲜红的血

注进这块坚定的碑

我先描下"中国"，再描下一段数字

在这块温暖的石头前

在神圣的精神图腾前

我俯视山下的平而河

河水湍流，从邻国蜿蜒而来

像游子回到自己的祖国

我身边的警察同志笔直站立

这庄严而神圣的人间凡子

在风中

是另外一块碑

2021.11

蜘蛛人

国境线弯弯曲曲

在平地上，在密林里，在河道中央

到达弄尧时，它是在喀斯特群山绝壁之上

移民管理警察小柳是个"蜘蛛人"

刚从绝壁陡崖上巡逻回来

这个边防守护者，身材挺拔

我看到他制服的膝盖上，破了个洞

他不好意思地说：

哦，巡逻时磨破的

这是常有的事。他和同事们

每天都要斜靠崖壁，面临百丈深渊

和比深渊更危险的事物

他们像蜘蛛一样，攀岩巡逻

他皮肤黝黑，目光坚毅

谈到家人时，才柔和了下来

他说，正是有亿万家庭在身后

才感觉到

自己日夜坚守边境的价值

2021.11

防护墙

国境线上的防护墙是硬的

而花草是温和柔弱的

它们"越界",向彼此伸出友好的手

一只小动物"嗖"一声

蹿过防护墙的钢丝铁网,消失在密林里

巡边的民警警觉地向发声处盯了一眼

继续前行

风左右动荡,高高的防护墙

只对友好开放

2021.11

一个人的边疆

他们坚守一个人的边疆
一个国家的边疆

他们将短暂而美好的年华
留在这里

他们心里有苦
但有些苦，倒不出来

他们远离家门
是为了守护国门

他们选择向险境逼近
逆风而行

他们把风险挡在前方，是因为深知
群众在后方

他们把苦咽回肚子里，是因为比肚子更高的心灵

有不可替代的信仰

2021.11

到拿福寨[①]

拿福沟的流水潺潺向下

我们一路行车蜿蜒而上

去往一个传说中的村寨

铜鼓声从掩映于林中的村庄传来

淹没掉汽车声

迎客的山歌涌起，婉转折旋

我从它们中间穿过

多像一场时空穿越

从现代都市转瞬亲临这片古老的山水

鼓声与古朴的山歌唱腔相互缠绕

黏稠的蝉声应和着

在田野中延伸

我们听，草木动物在听

白雾也停到山腰听

---

① 拿福寨位于广西河池市凤山县乔音乡合运村，是世界长寿河巴马盘阳河的源头，三面环山。

最美的和声在风中弥漫

山川一直沉睡，草木日益葱茏

山中的时光变得如此短暂

而美好的时代依然漫长

2022.7.20

黑夜中可辨的部分

铜鼓声停下了

莲花调①歌声也停下了

傍晚之色落向拿福寨另一边的山

很快，夜晚降临

此起彼伏的虫鸣

是莲花调最美的延续

住进夜晚的万物被夜晚染黑

唯有声音和光中的事物可以辨认

我们，就是这个夜晚中

清晰可辨的那部分

你看，我们在这片山中相会

黑夜包围着灯火，灯火包裹着我们

我们一次次举起酒杯

互相祝福

在光与暗转换的瞬息

黎明将在彼此的心灵之间开启

2022.7.21

---

① 莲花调是一种山歌调，这里指凤山莲花调，2018 年被评为第七批自治区级非物
质文化遗产代表性项目。

在坡豪①观舞

坡豪湖边，一群叔婶穿着壮族服饰

在铜鼓声中起舞

他们舞蹈中薅草、耙田、插秧、割谷、挑担的动作

多么熟悉

我少时都一一做过

跳完丰收舞，再食丰收谷

跳舞的间歇，我们一起坐着啃苞谷

这雨水和汗水共同浇灌成熟的谷物，清甜软糯

我在哪里见过他们吗

我曾仔细观察过

一面古老铜鼓上舞蹈的人形纹饰

他们可能源自那里，他们与它们如此相似

在鼓槌敲叩铜鼓的那一刻

他们起舞，如此相似！

---

① 坡豪湖位于广西河池市东兰县长乐镇境内，2014 年获批为国家湿地公园。

我和一个老叔讲起了熟悉的壮话
我仿佛是翻了一座山
又翻一座座山
回到了故乡，与亲人交谈
甚欢！甚欢！

2022.7.23

从一把艾草开始

在老家，我们会在阳春时节

去野外摘新鲜的艾草

煮汤，或做艾叶粑粑

而今天，我只能早早起床，去菜市场

寻找这种令人惦念的植物

我从一个老奶奶的手里买了一大把

过了一遍滚水，剁碎

和了糯米粉，包了馅蒸起来

煮熟开锅的那一刻，我迫不及待

抓起一个烫乎乎的艾粑

往嘴里塞，烫得热泪直流

真好吃！

这就是我吃到的，儿时

妈妈的味道！

2022.4.4

走向胜利①

这是我第二次走向胜利
一个以完美成果命名的村庄

一路上，我们遇见
红日村、道德村、宏伟村、温和村……
这些村庄，分布在大山之间
一定怀有理想和抱负

一路上，同行的人高唱《我们走在大路上》：
向前进！向前进！
朝着胜利的方向

我们抵达胜利村时
是某一天中午
谷很深，山很高
绿树漫山遍野，像胜利的旌旗
迎风飘扬

2021.11.10

---

① 胜利村是广西大化瑶族自治县雅龙乡下辖的行政村。2021 年，胜利村村委会荣
获"全国脱贫攻坚先进集体"荣誉称号。

像块石头那样

——致蒙桂周兄

我们到胜利村弄地屯他家时

他迎过来，握我们的手

热情地拥抱我们，紧紧地，像一块石头

抱住另外一块

那天，天很阴

等我们离开时，下起了细雨

桂周攀住诗人老蓝的肩，从谷底的家

一路摇晃到山腰的路边

他说，你们住下来啊

我说我们得回去

他媳妇韦川宇慢慢跟在后面

送走了我们她又要扶他回去

这朵美丽的山花

在家里她是贤妻

到地里，她是在石头之间抠土种地的农妇

在会客桌边，她是端杯上菜的服务生

在外面，她是带领胜利村脱贫，走向胜利的村支书

我想，兄弟桂周是有福的，他们夫妇

像两块坚硬的石头

不离不弃

在这喀斯特群山之间

这山中真安静，说不得悄悄话，容易

被风传到另一个山弄

但桂周兄还是压住声音，贴耳细声，说

兄弟，舍不得你们走！

这声音在我们之间回荡

他应该没醉，我们走之后，他应该

还像块石头那样，沉沉睡去

在石头们中间

2021.11.10

看老许画画

在胜利村，画家老许铺开六米长卷

画画。这个角度很好，在高处，群山环抱

谷底是村委和农家

一把开叉的毛笔在他的手里

点墨着笔，恰到好处

他准备画完时，我说，你眼前这几座山

哪有你画纸这么长

他直起腰，笔在空中比画了一圈，说：

我画的是 360 度全景图！

我对照着他画中的景象

抬头环视着这雄峙的群山

啊，果然如此！

一条弯曲的公路，从山坳边

成功向外面的世界突围——

看来，要取得全面胜利

还真得有大视野，大胸怀！

2021.11.9

峭 壁

从胜利村乘车出来，经过一处绝壁
有人说，这个地方搞攀岩，应该受欢迎
有人说，也可以在崖壁之间
设高空玻璃桥，应该会火
我想未必。人间何处不绝壁，留着这样挺好！
我远远望见
几只山羊在绝壁的另一面缓坡上
向上爬行觅食

2021.11.10

冬日即景

寒冬，草木葱茏的南方

并没有树叶落尽的荒芜

清晨，有人还未从梦中醒来

有人已在浅雾中飘摇踽行

市井活了过来，像流水

重复腔调

寒风犹唱，伸手触摸人间草芥

以获温暖

一棵榕树的根，耗费了漫长的时间

越过绿化带，抱住一块石头

成为怀孕的母亲

2021.12.30

辞旧帖

幻想，有豹子的形状
飞离时间
有诗人的脸，尖利的爪
刮开刮奖区涂层的前一刻
所期待的奖品，是未来的一天
平安降临

今天和明天，到底如何衔接？
它们之间的裂缝有多宽？我跨越时
是否会坠落？
这么空的问题，我不知道
我克制着，不惊呼
也不平静

在岔路口
一个前来问路的人
突然忘记要问我什么，一脸茫然
那变成了一个永久的秘密
不可衔接的未来！

2021.12.31

谷雨之晨

鸟鸣穿透晚春

从冷暖交汇的潮湿中

扶起南方深处的初光

孩子们涌向校园

是我们安置在春水田间的秧苗

像儿歌中所唱的那样

清晰可辨

那在风中坚持吐纳的，是我

在万物之中

一棵植物发光的样子

2022.4.20，谷雨

元旦诗

过去一年显得过于艰深

将至之年看来也不易

病毒变幻着危险的面孔

隐藏在人们中间

安谧的生活稀缺且珍贵

新年初始之日，我们要

抱得更紧一些

仰俯之间，都不被世俗与流言拆开

更多的阳光落下来

被风吹往更远之地

2021.12.24，凌晨

风雨路

从医院回来的路上，丈夫沉默开车
手放在方向盘上掌握前程
年幼的儿子要求他打开欢快的车载音乐
她揉揉眼睛，隔着车窗
人们在突如其来的暴雨中奔突——
谁又不是在风雨中行进呢！
虽然她安静地坐着

一路上，雨刮不断给汽车抹眼泪
或者给她
砸到车顶的雨那么暴躁
好像要挖走她！
她的小腹又开始隐隐作痛
让她感觉，那里的心跳还在
但并不是！
时间没有停留在她喜欢的那一刻
沉默的汽车带她穿过一座座风雨

2022.6.10

惊蛰之日

蛇，结束蛰伏回到暖春
我喜欢这沉默的穴居动物
它重新把敏锐的嗅觉和触感
分配给世间的每一次异动
尖锐的蛇信子像鱼叉，疾速伸缩
在空气中捕捉危险的信号

有时，我真希望自己也可以
不食不动地冬眠
这种看似死亡的静止
像有魔法的被单罩住我
收得紧紧的
以致轻薄的灵魂不会飞离我——
就这样，隐忍于世
不在浮华的表面浮头

有时，我真希望
那些死去的亲朋
只是进行了一场久一点的冬眠

然后醒来

回到我们中间，食人间烟火

有时，我迷惑于一些假象

我所听见的声音

并不源自这个世界的真实

——请原谅我的愚钝

我需要一只鸟的啼鸣

或一次惊雷的唤醒

让我回到田间种植

或回到书房写字

把自己放到粗粝的世俗上

磨利

2022.3.5，惊蛰

祝 福

总有一天和这一天

一样的新

总有一天，我们跨过去的

必定的稳健

当，那些升起的爆竹声

慢慢在跨年的午夜沉到静寂里

我祝福你们

看到我所祝福的那样

安谧，祥和

2022.2.1，凌晨

元宵意象

人们将美好的一切

期许于"圆"的意象

汤圆，月圆，团圆，美满……

欢聚一堂的人，正在闹元宵

汤圆的糖汁盈满瓷碗

喜悦与祝福溢出美好心灵

天之昼夜更替

人间阴晴圆缺

远行的人即将再次

涌出故乡，漫向远方

乍暖还寒之间

赏花灯的人还在祈愿

猜灯谜的人，还在风中

寻找答案

2024.2.24

煮粽子的声音

一口大锅在火上
咕嘟咕嘟地响
那是满锅的粽子，在夏夜里拥挤
向我传递美妙的声响——

每个端午，母亲都会到菜园里
摘回宽大的柊叶包粽子
我喜欢凑近土灶
听咕嘟咕嘟煮粽子的声音
白色的蒸汽带着柊叶和糯米的清香
从昏黄的灯光里即刻散尽
至无边的黑夜

即便是现在，我远离故乡
母亲也早已不在
但只要我俯身，依然可以听到
她手中的一片柊叶
一个饱满的粽子
在仓促的岁月里
苏醒

2022.6.1

烈日下，我躲在一小片阴凉里

有一丝内心的幽暗

在树荫里，静默

阳光沉淀下来

成为我俗世生活的一部分

一条河在身体里

迂回战栗

闪耀的粼波，让人眩晕

恍若隔世

不可预测的迷离

我将手中的谦卑与脆怯

递了出去

夏日翻转着滚烫的舌头

2021.8.5

广东菜场

那时，一个从广东菜场打工回来的人
掏出他顺回来的割菜小刀给我们看：
"我们村里是不会有这样的刀的。"
那小刀带着锋利的鹰嘴钩
他说，在家种地不如去广东割菜
就这样，一批批人跟着去了广东
他们省吃俭用，不定期给家里寄钱
每次回来都穿得光鲜，说话也硬气
跟村里人讲起外面的世界
新鲜美好的样子

我喜欢那带鹰嘴钩的割菜小刀
喜欢一切锋利的事物
记得有一次
一个小伙伴从家里偷拿了一把出来
在我们面前晃悠
不小心割伤了手，他号啕大哭：
对吧，我说得没错吧，很锋利的！

那年头，打工潮像一把割菜刀
从我们村里割走一茬茬人
逢年过节又把他们放回来
看看老人和孩子

2022.10.5

构 树

门前屋后的构树，茂盛无比
我们摘它宽大的叶子
剁了喂猪

剥下来的树皮，人们编成绳子
或被制成薄而轻的纱纸
银行用作捆钞条
道公拿来抄经文
活着的人烧几捆纱纸，给死去的人
烟灰飞入虚空，又散归大地

橙红色的果子，落下来
要么烂在土里，要么
烂在我们肚子里
这大地赐予的小零食，新鲜美味
是乡愁里的一丝甜味

2021.8.1

第二辑

慢是一种天赋

夜里的呼吸

黑夜如伏地而眠的小黑狗始终在身边
风是它的鼻息呵，轻轻送
路上的人都是时间的余烬，在风中忽闪忽闪
努力地活

2023.1.1，凌晨

在江边

一条河借一丝夜色中渐隐的微茫
向昨日道别

每天如此。不止息的流逝
仿佛是它的必修课
看似永恒的
不可或缺的存在

它让我莫名感到安心。即便是
从它柔软的身上
我捞不到任何可抵付灵魂的物什

这瞬间从我指缝逃脱的水，仅存的
一点潮湿的证据，被夜风
随手抹去

2021.7.31

慢，应该是种天赋

他们说，提竿的时候
我慢了

在生活中，我也这样慢过很多次
一定是我的问题
我的笨拙与生俱来
藏在身体里从来没有离开过

这样的"慢"，让我放走过很多鱼
水里游的，岸上走的
心里想的

有时候，一些比我慢一点的
我故意动了动钓竿，以让他们有时间
理解我的好心

2021.10.17

早晨，一个盲人坐在花下

盲老头跟小孩坐在路边的石凳上

有那么一刻，他的墨镜向上

正好朝向一大片黄花风铃

他应该不知道

那些花正开得热烈

黄色的光芒像涂抹了蜜的箭镞

射向路过行人的心脏

他们发出不可思议的惊叫

受惊的鸟群

飞散在清雅的林子里

这美好事物的本体和喻体

若即若离，摇曳在

盲老头看不见的晨光里

那孩子突然叫起来

爷爷快看，太阳出来了！

盲老头可能从没见过朝阳

他侧着脸，说

是啊，好暖！

其实，阳光被高大的建筑挡住了

并没有照射到他们身上
他所感到的暖
可能是源自他身边那个孩子的
照耀

2022.3.26 初稿，2022.3.30 修改

咀嚼时间

时间，是顺时针旋转的？

还是逆流而动的？

或者，它弥漫在透明而不规则的空间里？

这有什么关系呢

那些显隐于你我之间的情感、言语

那些消融于岁月的过往烟云

那些奔走于血液深处的沉默或激越

那些分明的，或痕迹模糊的爱与恨

都在我心灵的空地上占据了各自的那部分

像一颗颗钉子

揳入生活的每一个晨昏

我咀嚼过它们

像咬碎一块块软骨，嘎嘎振动的声音

波及脑袋的各个部位

哦，多么香脆而美妙

的精神补丁！

2022.3.29，夜

追击游戏

儿子在玩玩具赛车

他同时扮演两个赛车手

左右手各一辆，在空中比画翻转着

在时空里平行，交叉与重合

向我冲击过来

这奇思妙想的上午才刚刚开始

我假装逃离他的追击

原地奔跑，假装让他要追得上

再往前迈一步，我将分裂成两个人

一个人从过去的岸上

跳到现在的甲板上，做着划船的动作离开

另一个人突破时空的障碍

从未来的世界降临至此

两个人相撞重叠，又成为我

他平凡世界里的

可爱的父亲，突然转过身

狠狠抱住他

2022.2.15

因为遥远，许多事物看起来空无

远远望去，以为只有流水的江面
其实，还有一个起伏的游泳者

邕江边上密密麻麻的鬼针草，开着白色的小花
只有靠近它们，才看得清
它们在微风中向我点头

远处的跨江大桥上，那个人一动不动
可能在看我，也可能不是

我是被细浪摩擦的石头
也不一定
也可能是不被看见的
溅起又落下的一颗水珠，变换着形态
在流逝里拥挤

2022.4.22

最冷的雪

一个人顶着一头白雪

在人群中格外明显

那白雪被阳光照耀，像在燃烧

有金色的火焰，但并不融化

那是我见过的最冷的雪

这个内心常年藏雪的女人

推着空的婴儿车穿过人群

像要去找一个融化了的孩子

　　　　　　　　　2022.2.16 初稿，2022.4.25 改

杀死时间

唉，孩子的布偶不会洗澡
我放到洗衣机洗
他们会哭吗，会被闷死吗

唉，阳台上的韭菜还没长成扎
我就割了啊
疼吗

唉，爸爸妈妈还没很老
就去了土里
再见了

唉，我的孩子说，作业那么多
怎么可能一下子做得完

唉，那个老油条在我面前
对他自己从前的闪光点
津津乐道

唉，我是个写诗的
我的诗里关押着对时光的赞美或埋怨
一定是我所爱和恨的

唉，我要杀死时间！

不！
我要杀死那个该死的
管时间的人
让我和我爱的事物
活得更长

2022.7.20

遇见枯木

坚硬开裂的树皮像一张老脸在手中枯去

我触碰了多么安静的灵魂啊

它的树叶散尽在无声的荒野

弯曲地站立却从未跪倒

像与时间战死的人在历史的广场上变成象征的塑像

2022.1.15

突　围

天空，用辽阔包围了鸟群
鸟怎么飞，才飞得出去？

一首诗，被削弱
被过多的词语围困
像溺爱中的孩子，他们吃到的蜜
是最狠的毒

——而蜜蜂，懂得把多余的蜜
保留了下来

谎言也是甜的
抑制住将起的风浪

一个个体，被无数个分裂的自我包围：
怯懦的、坚强的、自大的、卑微的、麻痹的、圆滑的、诚实的……
像一场困局
编织复杂的网

真相是个爆破手
要突破防线
炸醒神经系统

2022.1.12

暗　光

暗光，为我提供了想象

破晓前的昏暗，一度让我以为

世界空无一物

但仔细看，才发现

有个人漂浮在路上，他背着剩余的夜色

像一个逗点在风中稍作停顿

又赴前行

我吸了一口气

一些妙不可言的事物，灌进我体内

血液中沉浮着

不可名状的激越！

2022.1.6

到书中挖井

为了解渴，我到书中挖井找水
在某个段落里，在字与词的缝隙之间
锋利的石头夹在泥沙里
与我的铁锹摩擦出刺耳的声音

挖呀挖
挖起来的土，新鲜而陌生
被我抛撒到井边
掩埋掉一些草，一些洼地
掩埋掉一些陈旧的事物

井越挖越深，直到
潮湿的泥土渗出水
冰凉的水，渐渐裹住我的脚
我抬头向上望
啊，多么新奇的圆形的井口
——为什么，当初
我要把它挖成圆形？

有人从井口上抛下来一串软梯

像一个过渡句

我顺着它往上爬

爬向另一个新鲜的段落……

2022.5.7

暗示，或指引

隐秘的群星被唤醒——
如果，我所看到的这些不是虚幻
它们看似杂乱无章的闪耀
一定是在释放某种信号，指引着什么

每个昼夜，都只是时间轴上的小时空
我所关心的是
当下的这个夜晚如何度过
疲倦的灵魂，如何才能被正确指引

我隐约感到
有一种黑暗中沉默的注视
像那群星的其中一颗发出暗示
它慢慢靠近，想成为
友好的邻居

2022.4.9，凌晨

暗夜中，总有一些轻微的声响

我躺下，像一脉山峦
在夜晚中，放下
白昼里对事物的警惕
所有的记忆在深深下陷的枕头上
得以缓冲

夜风拂过
我听见窗帘轻摆，又突然停下
像陌生人到访
我不问，他不答
沉默而友好地对坐

而一些莫名的声响，像秘密
轻微而谨慎
我得不到完整的倾听——
似乎
我并不需要它们

2022.5.21，凌晨

兽形浮雕

星星在天光渐亮时
完成隐匿
而一块石头从黑夜中走出来
隐约显出兽形浮雕
它隐迹于这个静谧之地
静止下来

这只覆满尘垢的石头里的兽
形象凶恶，却屈卷前膝，向前方的什么事物
下跪

一定很少人来这里
丛生的兰科植物从浮雕旁的裂缝里
长出错综的根
像这只兽的发须，带着时光的苔藓
蔓延至前面的石阶
似乎，它要模仿某个人的足迹，到此访古
让尘封的往事
被遗忘的，重新被提及

2022.5.3

书架上的空螺壳

螺壳，躺在虚空里
久久未动
柔软的肉体不知所终
可能躲到了书架上某本书的背面
或者，趴在一个句子上，凝滞成
一个停顿的语气助词
你无法理解，它会以柔软的姿势
远离不必要的人群

那半透明的空壳
用笔头敲击
居然可以发出美妙的声音
像清脆的朗读，把情感
传递给聆听者——

你看，残存在它体内的良知
仿佛重获土壤
长出对事物应有的悲悯

——你看，灵魂并不来自肉体

2022.5.2

营救游戏

孩子冒着雨，将折好的纸船
放到汇集于地面的雨水中，顺流而去
他喜欢看，船在洪流里起伏颠簸的样子

纸船没有漂出去多远，就被冲垮了
他惊呼了一声，仿佛听到巨浪
冲散人们无助的呼救

他向狂风暴雨中放出另一只纸船，像是
赶赴一场生死营救

2022.5.1，劳动节

一切都可以重新开始

刚开始的一天，从来不是
晨昏的简单交替与重复

新生的植物从泥土里旋开卷卷的耳朵
上来听这世上的喧哗或安宁

老树上，枯枝发了新芽
忏悔的人在修补生活的路上

一切都可以重新开始——
如果你真的相信了
幻想者的鬼话

2022.4.21

心中的鹰

那崖壁，像一张老脸

从那里飞出一只鹰

它有敏锐的黑褐色的姿势

它在空中展开，盘旋

我和地上的其他事物一样

在它的视域之下，辽阔地暴露着

一只鹰突然从我心底飞出去

朝着天上的那一只

发出尖锐的回应

这孤悬于心的鹰，简单的灵魂

没有征兆地出现，这令我惊讶——

我一直错误地以为

鹰的特质，在我心中

是缺席的

2022.4.12

天空之镜

天和水相接的高明境地

我没到过。都说那些地方很美

我信

此刻，我离那样的地方依然很远

在这春天之晨

蓝色的天空没转过身来

像一个镜子，把它阴沉的背面

朝向人间

我目送着孩子融进欢快的集体

他们穿着朴素的校服

和草木一样生长

从老皮里，从校园的围栏里

探出新芽

我想，天上那镜子的正面

应该是一座湖吧

那明澈的水

应该是他们需要的

2022.3.17

寒春夜

被吹皱的，不只是树皮还有我的前额
风不会折返，时光也是
我停靠在黑夜之中
寒春把锋利的冷捅进我的身体
外面的世界，死亡在加速而新生也从未停止
这是真的！我祈祷着
胸前的合掌像花蕾推迟开放
愿美好的事物下一刻降临

2022.2.23，凌晨

清晨观水珠有感

水珠是清晨的心脏，我读得懂

鸟鸣婉转，清脆而潮湿，我听不懂

我听不懂的夜雨，此刻已静止

那些水珠不吭声，悬而不落，在窗沿上修行

我埋头读完书，它们仍在那里，比我用功

被迷雾裹住的人，踏着积水赶路

我就一杯水漱服几粒药，自知人生冷暖

寒冬未过，终有与我棋逢对手之物

我主动退让一步，多穿了一件衣服出门

2022.1.22，晨

未来是什么

未来是什么?
你是否也看得见,它在夜河上逆流而上
寻找一个即将的出口,或
一个可能的入口

这个带着光之特性的词
占据着生活的一部分
我一次次,将它从炭火里捡回来
它是被火炼就过的金属
熔化了又重新凝结的抽象图腾
它如此闪亮
像时间赋予的最薄的刀片
将未发生的生活
切割成一片片透明而现实的薄片
干脆,可口

我砍倒陈旧的自己做只独木舟
划开双手
便轻易地驶离昨日的河岸

向未知的水域划去。我看见
一只野鹅浮在前方的水面
一身蓬松的白羽
像我满怀生命的全部梦想

2022.1.21

感 遇

在凤凰谷，遇上一个小瀑布沿着陡峭的山体
把自己冲到底部的水潭里
一棵树咬紧石头，像一个人
倾斜在人生的悬崖边

风吹竹动。阳光照耀
我在溪边听流水
血液在我身体里窃窃私语
刀形的竹叶落到水面，轻缓而让人丝毫感觉不到
岁月的锋利

直到傍晚，红色的船桨推着流水
划艇把我们带向静谧的终点
水痕从我们身边漾开。这奇妙的水的褶皱
在抵达岸边前平复
不像我前额的皱纹
日益凸显

2021.9.13

示 儿

我在镜中，以为
每拔掉一根白发，就可以
守住一寸青春的城池
以为，屏住呼吸就可以
保留住一丝朝气。然而
并不是！

儿，我的幼稚不同于你的
你的比我的纯粹，还没蒙有尘埃
你在草地上无拘无束地奔跑时，我怀揣惊魂
冲进苍茫尘世

儿，你挣脱开我牵着你的手
落日下，我误以为，跑出去的你
是变得越来越渺小的我，身骨渐缩的
逆境中尚未完成的句号

儿啊，记住，捂住寒霜
是我们取暖的一种方式

2021.9.11

咏 风

我在旷野中间醒来，像河床上的
一块鹅卵石，被鹅唤醒

身上的时间是流水，在逆风中吹皱
放慢了流速

鸣虫收起乐谱，轻悄悄离开
不给我听起伏的弹奏

风是画家，用笔刷改变植物的血色
把远处的谷物涂得金黄

我苦读生活经卷
像翻阅肃肃松涛

2021.9.5

遣 怀

他一个人，后退到
阴影里，躲雨
那些被上天排遣下来的积郁
现在变成他的

他骨子里醒来的沉默与抵抗
正拉开心灵和某个外部世界之间的距离

只要他拒绝，一些事就可以成为
退至远处的平静的风景

他知道，自己想要的和不想要的
都正被时间一一摧毁

2021.9.4

照镜见白发

当我没入最低的尘埃，我只能
以沉默回答
我所消耗的，不仅仅是
长途跋涉中所付出的部分，还有
对未来的奢想

我侧脸，镜中望见的，不单单是
积累下来的两鬓上的白雪，还有
这个世界最简洁的转身
与我的告别

我曾经不被理解的，渐渐
被理解

2021.9.4，凌晨

静夜思

审视自己。在我和黑夜之间
少有的自省比一味的沉默弥足珍贵

但此刻，每一个被说出的词都是多余的
静思的光芒，在黑暗中
闪耀

整夜，一把未眠的刀
在我身体里翻来覆去
寻找带血的答案

我隐约听到一种声音在沉浮
我不确定，是否
要有美好的事物即将降临

我折好写满诗句的纸签
给未来寄去了更多的疑问

2021.9.1，凌晨

夜 鸣

不知有多少次了，那只夜鸟
把清脆的鸣叫从窗缝里挤进来，送给我

我不确定，这是一只怎样的鸟
它的品种，性别，羽毛的颜色和体型
它是如何发出如此
开阔而明确的声音
像一次简洁的提醒，或有力的证明

它的味道是尖锐的甜
还是愚钝的涩？

我不知道。我屏住呼吸
聆听这个寂静之夜唯一的动词
把莫可名状的微妙之物
堆积到我的骨子里

2021.8.31，凌晨

在小区里和另一个中年人闲聊

我们站着，闲聊
没有找到主题
一搭没一搭，甚至
尴尬地陷入了沉默

微尘在正午的光和阴影之间
反复飘浮
这些可忽略不计的事物
试图在我们之间
交换可能的信息

有一种迟疑，在中年人的眼神间
游离
有几粒雪，在他的鬓角上
躲闪

——有时候，各自的自言自语
更加有效

2021.8.4

为什么我喜欢陈旧的事物

我往记忆的罐子里
囤积了大量的时间
这些像盐一样的晶体

久不久，用食指沾几粒尝一尝
发了霉的
却依然令人留恋的旧事物

我喜欢旧事物
缺角的钞票，我假装还能用得出去
兑付生命中廉价的那部分
缺页的书本，我从来都习惯了
用想象力
去补充完整

2021.8.3

风中的芦苇

顶一头黑发

我站在荒野，在一片白头芦苇中间

与它们一起此起彼伏

风继续吹，抱我，劝慰我

人世苍茫，也不过是

这般被吹散的白芦絮和黑头发——

一群鹤发老人带领我

在大地上缓缓挺进，像一场集体的

摇摆舞

2023.12.31，晨

两棵树之间

一棵树与另一棵之间的落叶
分不清是哪一棵的

我路过它们
把风的抚摸与鸟的婉语
编进简短的诗里
也把别人不可领会的秘密
隐藏在树枝般
长短不一的句子中间

树与落叶在拉开距离
一个原地摇晃，一个随处飘散

而这两棵树像相投之人，一直弯腰交谈
不愿散席

2023.1.27

割裂与对立

他心里藏刀
我看不见

他用目光把眼前的世界
割开一条细缝
摸里面的血，到底
干不干净

我假装看不见一些事
把软的和硬的都凑到一起
翻炒
用油盐酱醋盖过它们的原味

他，就是我
割裂的，活着的
两个对立物
共用一具光鲜的皮囊

2022.11.3

热风里的灵魂

烈日藏到我身边
这个女人的头发里
风救不了她
还在她头上翻了一遍又一遍

生活被分割成好多份
她不知道，先活哪一份好

树叶间的蝉越唱越热，好像
要烧起来
她跟着烧了起来——

世上的灵魂都一直在烧
烧不完的
风会先把一部分灰烬
吹散

但永远不会
凉下来

2022.7.25 作，2022.9.12 改

碰碰车

坐碰碰车

撞向陌生人的车辆时

为什么大家都很开心

我快速打转方向盘

尖叫着撞向目标，又试图

避开别人的追击与碰撞——

其实，我更渴望被追上

遭受猛烈的冲击

飞出去的灵魂，被安全带扯回来

这并不需要承担任何交通事故责任

我生活之所在，也不过

像逼仄的碰碰车场地

我所恐惧的事，在这里

只是个碰撞游戏

刺激的游乐场

2022.7.11

锤钉子

电影里，几个战士

给死去的战友立碑

一根根没有名字的木头

被锤进土里

咚咚咚的声音

让我想起一次锤钉

我一使劲，钉子锤歪了

羊角锤狠狠地砸到拇指上

我迅速把那一节疼痛含进嘴里

它瞬间从沉默的咽喉

转移到心上

2022.6.30

问候，或擦拭

阳光下，我挥手向你打招呼

投到地上的影子也摆动着手

像在擦拭这个世界

2022.5.4，青年节随记

黑夜中的光

天黑了下来，仿佛一个巨大的现实世界
被藏进黑暗的密室

人们打开灯，照见彼此闪烁的脸
和内心

一个人在微光里喘息
要证明自己是火焰

我自言自语，告诉自己，做过的一些梦
真实可信

2022.4.23，夜

火　焰

火焰在炉灶里

向你微笑。因为你的不语与它的沉默

相似

有时，火焰源自心底

火焰重叠着火焰

燃烧，不止息

旋转着

从喉咙里吐出灰烬一样的词语

你根本无法

阻止它

对某种恶的诅咒

有时，你压制它

在胸腔里

比什么都宁静

你并不能从它那里获得什么

你看，那飘忽的灵魂

只会在肉体上留下

干净的灼痕

2022.4.20

晨雾笼罩，万物只显露一部分

细雨，在清晨前停了

鸟鸣比我醒得早，把春光衔给我

清且脆

这是一种能暂缓疼痛的药方

我就着一杯温水，服下

静静看手机里的新闻

沉默或炸裂。我仔细辨认

楼下两个头顶白发的人，在白雾中晨练

细声交谈

她们推着自己缓慢行进

一个身上负着年迈

一个手里提一袋新鲜的鱼腥草

2022.3.25，晨

三月的水藻

时间漫过头顶抵达虚构的河岸，濯洗

我日渐稀疏的头发，这蔓开的水草

要脱离三月的河床，漂到向往却未知的境地

2022.3.20，春分

雾中的桥

一座桥在雾中延伸出去

看不到尽头。未来的能见度不高

行人和车辆并未因此而停止

消失在桥的另一端

仿佛生产线上的传送带

向另一个世界输送可口的食物

一个巨人挥动刀叉，翻卷巨型舌头

正在享用抹了白色奶油的早餐

填充无敌的胃，欲望的空洞

2022.2.11

较 量

那些流水，在我醒来前
醒来，在世间各自赶路

川流不息，像宽阔而繁忙的街道
你总会发现逆行者

一条鱼，不随波逐流
要和垂钓者，在明净的空气里
进行一场较量

2022.1.4，晨

抵　暮

我们或许早已了解

什么是苍老

但并没有做好准备

或者根本来不及迎接，便已不觉抵暮

它以盘旋而上的形状

越过黑夜的墙

消失在更远的边沿

抬高灵魂的人，排至天堂阶梯前

放低了身段

2021.12.24

断　崖

那是一座断崖

从正面看，它是向阳的

灰白相杂的绝壁。雾和野藤

从那里爬升

鹰也住在那里

从背面看，它有一个缓坡

植被丰富，草和杂木一路向上

直达它的顶部

我也曾到过那里

从上往下望

此前我一直以为庞大的，不可否认的

都变得渺小

风吹来时，我才这么

清醒地认识：

它不会撒谎

每一次坠落，都看似时间在加速

或者，是一次陡然的降温

越过零度线的

冰寒

2021.12.23

时间流逝的每一秒都有闪电的力量

鸟衔了草籽，飞到山河之远
像当初我怀抱梦想
到另一个地方落地生根。那时
阳光从缝隙里挤进来
阅读我内心的饥渴

而时间流逝的每一秒都有闪电的力量
不是摧毁，便是推动

一条河，在我眼里流淌太久
而变得浑浊。风浪冲濯过的身体
变得更加沉静。总以为
我的脊梁还有满弓的张力，可以
将自己投射到更远的未来

2021.12.16

很多事物静下来

很多事物静下来

寒冬裹住一个村庄入睡

谷茬在夜里呼吸

倦鸟降落河岸，隐入草丛

生活的微粒涌起此刻已落下

我到水边跪下，把贪念与偏执

放走，不告诉任何人

它们的去向

2021.12.13，凌晨

眼泪，或者更轻的晨露

我愿意成为一滴水，代替人类的
感动、怜悯、伤感、绝望、愤怒、悲哀……
从眼角流出来
如果不能给出这些
我选择成为早晨的露珠
比草叶轻

2021.12.11

向艺术致意

在万平帽塘艺术小镇，我抚摸着

一件尚未完成的雕刻作品

这是一段干燥而紧实的木头

横在小菜园旁边。一根苦瓜藤

向它伸过来友好的手

就像俗世生活，向美好的艺术

握手致意

2021.11.10

已 凉

秋意越来越浓
阳光在树林里流淌，成为
落叶的一部分
一种人们喜欢的颜色

缄默的钟针，一点点
送走时间
我收获的皱纹
遮住自己的脸

2021.9.26

蚯蚓过马路

它没过得去
被烈日晒干在水泥路中央

2022.6.13

幼年的龟

一只幼年的龟缓慢行进
仿佛可预见的长寿，提前降临到它身上

那么，时间
缓慢意味着漫长吗?

2022.6.8

下暴雨时蝴蝶都去了哪里

我在这里

暴风雨的中心

一片芭蕉叶的背面

骤雨正在拍击

一切卑微的事物

如果，你认得出，我叠合的双翅

像静止的花朵，躲避风雨

你是否还会继续

靠近我，看我是否已熄灭？

我从未停止想象

如何摆脱困境——

我目睹的树木、花草、人类，以及我的同伴

挣扎于各自的境遇——

他们会怎么做？

我能飞越这风雨地带吗？

我不知道

如果命运早已注定——
如果我飞出去，和眼前的落花一样
生命中最重要的部分，也是最轻的
那我选择试一试
冲出去！

如果，你继续从模糊的雨幕中靠近
会看见我的灵魂
越过生命美妙的边界，在暴雨中
坠落。我知道
我不能轻易赴死
但我决定这么做

此刻，我在这里，暴风雨的中心
你再靠近一点，会看见我被打落在
落花之上
你叹惋，而我
并不绝望

2022.5

真实的样子一闪而过

切水果时，刀刃翻转
瞬间反射的光，像闪电

而闪电，并不能替代心中的利刃
映照出我真实的样子——
原始的棱角，不圆滑的
锋利的石头

你看
时间的快刀，还是将我像切果肉那样
摆到盘子里成为食物
一些我此前所认为的缓慢
都转瞬即逝
而一些人和事，要在心头反复翻炒多次
才咽得下去

2022.4.29

周末的河岸

四月，一座桥伸到河对岸

把一部分假期的人群，送到更远的地方

而繁花和绿叶蔓延到岸边停住

我都看见了

几个老人到江边，把刘三姐唱过的山歌又唱了一遍

时间模仿河水的姿势，唰唰濯岸，一遍又一遍

我都听见了

孩子们放风筝，把自由放回天上

尖叫覆盖了城市的车声

我都听见了

鸟收住翅膀，叽喳地扎进附近的草丛

像人们讨论问题，相持不下却又互不伤害

我都听见了

我把心放下来，咚的一声，像一块石头落地

一个孩子嚼碎一颗脆糖果，清脆的

周末的声音，融化在春天的某个弯道里

我都听见了

　　　　　　　　　2022.4.3，三月三

春 心

1

春芽扒开泥土的手掌，是一对的
好鸟相鸣，此起彼伏，是成双的
那人孤影，幸好
还有野草春华相伴
春天里，她总能找到亲密的事物

2

根慢慢地移动
但我感觉不到
风在翻转，像弹琴的人的手指
练习弹奏叶子
我弹不出这样的声音
这柔和的声音
容易让人产生梦幻

从正午的洒水壶里，洒出的水

像飞瀑的水滴

不断飘零，到光下

映出彩虹的颜色——

我不肯定，这些是生活里所有，但

仍然会在诗中显露

3

河水涨起来的时候

万物跳舞

我也跳。不

我不会！我是看她们跳——

有翅膀的，没翅膀的

有腿的，没腿的

都在跳

在这春光里

有一种力裹着她们

在潮湿的时间里

她们穿一件件迷人的短裙

在雨中

跳舞。怀孕

充满岁月的迷幻

4

枝上刚长出的刺还很嫩
很短，尖锐
却不至于把人伤害得那么深

5

一首诗代替了一个春天在人们中间传播
我在黑夜中逐字逐句
把它读完。那并不华丽
那些朴素的读音代替了雨水
在我眼中，身体里
跳跃

一滴水代替了一个生命在我的身体里运行
没有人告诉它必须要完成的

当我从生活的尘土中翻身
我听见鸟群飞离我
惊慌地，轻快地，从一个灵魂里
带走一点阴暗

2022.3.16

垃圾时间

总有那么一场比赛
毫无意义的末尾让人感觉煎熬而漫长

像即将窒息的胚胎
并没有人递过一根交换血液的脐带
以营救

垃圾时间像干净的刀刃在皮肤上静止
提前宣布死亡

看似空无的未来
不知为人们预备了哪些未知

2022.3.11

证　据

流逝的时间
分解掉它所不爱的事物到无边的空间里
以变得空无

一些事，真的
不值得留下任何存在过的证据
我，要，做
时间的帮凶
把它们秘密焚毁

一头愤怒的巨鲸游过我身体的海
掀起的浪
淹没在更多的浪里
你不再找得到它
游过的痕迹

2022.1.14

时光雕刻者

"你在雕什么？"

"雕刻时间。"

他停下手中的刻刀回答我，

一个偶然的到访者。

屋子里堆满从河里打捞上来的沉木，

过道两旁，一些木雕半成品

还没有显露出清晰的表情，

它们夹杂在精致的成品中间，

仿佛一段段未完成的时间，等他去雕琢，

去继续拨动缓慢转动的秒针。

这个曾经繁华的古镇，

此刻已没落在河流边上，

我在静谧的骑楼、街道、青砖、瓦片中间，

在时光的缝隙中间穿行，

直到遇见他，才停了下来。

他握着刻刀，与我交谈，

准备把沧桑的沉木，刻出一个个清晰活跃的形象。

偶尔会有人来，买走

这些陈旧的光阴。

2021.9.20，象州运江古镇

柏拉图是谁

柏拉图是谁？
——古老的，老头子。
残缺不全的。
是死亡的，腐烂的永恒，
带着偏见的横流，流动的事物。
灵感降临的一刻，我认识了他，
心灵的，
灵魂的。

柏拉图式的，是我后半夜坚持的
思考。
是我不愿重复的自我谴责，
对自己提出的问题的
一种解答。

柏拉图，
一个陌生人，
某种不断被遇见的

新鲜多汁的生活。

熟悉的老友。

2022.1.7

生活的方法

琐碎的生活在我们彼此手中，
我难以确认，
它们之间是否相关，是否
是我们可协调的必需的部分。

我习惯了等待，
生活的方法找到正确的途径，
来到我们之间成为桥梁。

相对于无边的想象，
我更加相信
浸泡在现实汁液里的身体，它们有
被割开的，锯齿状的
沉默的伤口。

2021.12.24

赴一个有争议的人的葬礼

他输给了时间和自己的无知，

人们在送走他之后，

终于平静了下来，

继续过日子。

偶尔有人又会讲起和他相关的一切，

可能的和不可能的。

2021.11.12，晨

寒夜游

我披着十二月的寒风,
这件单薄的外衣。
黑夜的舌头蠕过衣服的细缝,到皮肤上
呼吸。
舔舐冰凉的脊梁。

突然想起一个人,无助时,
他曾帮我弹开凝结在外衣上的孤冷,
给我生存的火。
或者酒。

今夜,我一个人游走,偶遇
捕鱼人手持一束光,
照射到河面,寻找游动的身体。
那是另一个我,
城市里浮头呼吸的倒影,
即将被鱼叉刺穿的
夜游的鱼。

我回到住所时，背上还背着鱼叉，

和血。

坚韧，是体内唯一的

硬骨头。

2021.12.22

软柿子

孩子们爱吃软柿子

看着他们满足的样子

不禁让我想起

一年冬天，在四川绵阳的巷子里

一个阿婆守着一筐红柿子

像在寒风中烤一堆炭火

她哈着气，不停地问路过的人，要买吗

我说，给我来几个吧

她黑色粗糙的手

轻轻抓起几个光滑的软柿子，像用铁夹子

小心翼翼地，夹通红的火炭给我

我说，阿婆多给我几个吧

她愣了一下

又继续夹了几个

2021.11.9

锋利的声音

很久没有听到他的声音了。
时隔一个多月，
磨剪刀菜刀的阿叔又踩着慢车，
在楼下转了几圈，
没有揽到单。

他锋利的叫声，
刚把这个小区切出一个横截面，
又被噪杂的汽车声缝合，
以致变得越来越小，仿佛
马上就要消失
在人间的尽头。

2021.11.5

人生阒寂，而闪电决绝

光，静默如初
梦想与荣耀，那些光鲜的事物
静默如初

而霜雪，在两鬓
愈加洁白闪耀
那些我相信过的青春无悔
正与后视镜里渐退渐隐的人
挥手告别

每个人，都可能成为
闪电的一部分
瞬间炸裂，曲折而下
到人群中间，或者
在独自的旷野，没入最低尘埃

2021.10.11

教师节意象

我给阳台上的植物浇水，
阳光已落满大地。
女儿提着小礼物出门，上面有祝福的小卡片。

我借助耀眼的光芒，看到
路上行人匆匆，在发光。
鸟在唱歌，天天如此，送给这个世界清脆的礼物。

每过一日，都是送光阴，
这是我教她珍惜当下的原因。
她相信了，每一天
都在辨认一个新鲜的自己。

2021.9.10，早晨

白云之下

睡吧，白云底下的
一切纯白。

白云之下，置于山巅的我，
依稀分辨得出，低处的灵魂，
都是值得崇敬的。

灵魂在上，我依然保持着
对世间的平视。

生活中，我所看见的事实，
远不如想象的
纯洁。

2021.8.29，凌晨

我需要

风在窗外，
穿着我晾晒的衣物，
轻轻摆动。
我需要确认，这些暗中
借着夜色刷存在感的影子
不是因为孤独。

我需要一个看得见的敌人，
而不是莫名的
膨胀的思想空洞。所以
我需要继续把头埋进黑夜，
加班赶工。
生活太强势。
我打了个哈欠，
回应体内的一小截困倦，
以及作为一个人，
该有的样子。

2021.8.7，凌晨

夜航记

我张开双臂，轻盈的羽翼

将我带离灯火的上空。

我曾经属于那里。

而此刻，我属于即将穿越的黑暗，

属于遥远的星辰，莫名的微光——

因为太邈远，我几乎辨认不出它们。

而正是它们，为我的旅途保留了一丝希望，

若有若无的、令人仰止的光源。

我沉重的肉身，是被黑暗包围的俗物，

此刻显得如此轻盈。

飞机继续在夜空中航行，

我所熟悉的一切，

大地上的人和庄稼，山川与河流，树林与草地，

都沉浸在对未来的想象里。

想象力是可靠的动力，

是夜航者前行的必备手册里，

不可或缺的存在。

我是一个穿行时间的人，在漫途上，

寻找生活的亮光，

平淡而透明的现实。

2021.7.11

小 满

小满是谁?
小满,是对我越来越热情的人,
是见我酒杯要空了,继续
给我倒酒的人。

小满来后,人间渐入高温,
降水增多,江河易满。

小满来后,我到光和万物背后
读诗。

2021.5.21,小满,读马蒂亚斯·波利蒂基

泡在海里的人喝了一口海水，咸淡自知

海水与泡沫，涌上来又退回去

此涛声，覆盖彼涛声

声声急

晚霞下的人，沉浸在大海里

被浪推来推去

不管是误饮，还是抿唇尝试

海水都是一个味道

2021.7.30

第三辑

大地的演奏

弄岗的鸟鸣

我初到弄岗老林子时
有一两粒鸟鸣从树叶上滚落下来
像欢快而简洁的欢迎辞
但我看不见鸟儿

当我在山道上穿梭行走
透过繁密错落的杂木林
开始发现忽闪着交错而过的鸟影
一粒粒跳跃的鸟鸣由少到多，由轻到重
出于礼貌，我吹起口哨
意思是：你们好，你们好呀！
我因此获得更多的回应

当我离开，再次向它们吹响口哨
它们回应以亲切的叫声：
再见吧，再见吧，春天的诗人！

2023.5

一座大地钢琴的演奏

我爱上德天瀑布，那水层叠着水
年复一年
从青山的掌指间滑落

我爱上这座大地的钢琴，她在祖国南疆
用水弹奏巨石做的琴键

飞溅的水花，是最精准的音符
是大地的呼吸在空气中起伏

我爱无界的轻风，吹拂两岸草木
云朵和游人走走停停，聚聚散散

我爱听的这一曲弹奏呵
从舒缓到奔腾，从奔腾到静流
拨动了多少人心中的壮阔与空灵

2023.5

塔 问

左江斜塔倾斜了几百年，为什么不倒
我斜着身子，问水
水波翻阅我，默默流，没有给我答案

此次来，我不是要扶正它
我来膜拜它
我们倒映在水里，有一样的波纹褶皱

作为一个到访者，我又问风
塔是你吹斜的吗
轻风拂面，吹动大地上的草木和庄稼
天上浮云变幻，岸上人畜皆安
风，摇响塔顶的铜铃
没有给我答案

2023.5

花山歌

游船开进明江的美景画卷

随着河流迂回折转

两岸青山多秀奇

我再次来到这处水湾，听流水唱歌

我抬头仰望，一群人在绝壁上舞蹈

那是骆越先人留下的远古的样子——

花山，作为石头

在千年的风雨中一动不动

而那些跳蛙舞的人，腰间佩长刀短剑的人

那些敲鼓的人，狩猎的人，祭祀的人

那么多年了，却一刻不停，在静止的石头上

为丰收，为神明，为祈愿美好生活

进行一场永不落幕的舞蹈

此刻，山下流水越发清澈，岸上的一棵木棉

向花山崖壁伸过去一树火红的花枝

与岩画上那些全身涂满赭红的人

与我身体里的血色

呼应

2023.5

一个多义的可折叠的柳州

我曾以为，只有熔炉里的铁水

才能代替柳州的血液滚烫

那凝结的钢铁，才是它坚毅的面孔

它伸出的巨型机械臂

是教我到历史洪流中，触摸时代浮影的手

是！我对它的想象，曾一次次

被历史的弓弦绷紧

又一次次被现代的钢性弹开

而这一次，我俯身触摸到的柳江

那雨中晃动的水和影

像梦境，被一个从历史中穿越而来的人

用诗歌打破

鱼，从钢铁中一跃而出

在生动的意象中获得更多的水

我从夜市的酒气中回归

撕开内心的迷雾，才发现

柳州，是一个可以折叠的空间

多义，而迷人

我被钢铁的坚硬与柳枝的轻柔

合力击中，最终获得一种契合感

一个虚与实的柳州

在我崭新的想象中张开

首尾相衔，脉络顺畅

你看

柳州的衣袖，是柔软的

柳江边的柳，是柔软的

柳江水，是柔软的

这座钢铁城市在水中的倒影，是柔软的

柳州人，也是

　　　　　　　　　　　　　　　2022.5.27

一碗柳州

田螺是从田地里爬上来的
空心菜和木耳也是
花生米是，葱和酸豆角也是
韧性的粉条也是
一碗柳州螺蛳粉
一座城市的味道
不管是微辣，中辣，超辣
都充满野性
乡野的野

2022.5.27

访柳州

到柳州这座工业城市

我稍一抬头，就可以看见你，柳柳州

屹立山头

看人间万象

我认识的一群麻雀

在诗歌中低飞

许是续得了你的文脉

柳侯祠里，老树发新芽

如同这座古老的城市

焕发现代的华光

几棵柳树、芭蕉树之间

有一口古井

我好奇地伸过头去

看井里，水中的倒影正好被雨滴漾开

仿佛那是你，柳柳州

无法还乡的泪水

在历史的风雨中漾开

2022.5.27

在柳工集团组装车间

我儿子喜欢各种玩具车
喜欢好莱坞电影《变形金刚》里的大黄蜂
如果，他能和我到柳工
站在工厂车间高处的走道上，看一看
他一定会对着那些正在组装的大机器
大喊一声"哇！"
我会告诉他
这是我们中国的
柳工黄

你看，那些巨型和微小的零部件
机器的心脏
在工人和组装机器的忙碌中
逐渐苏醒
它们，将会出现在
世界的各个角落
发光

2022.5.27

中渡古镇遇雨

中渡古镇，已然不是

当年的那个镇子

我们几个诗人站在屋檐下

看雨帘从瓦檐上快速下落

滴到青石板上

就在这几米的落差里

一个渐隐于当下的千年古镇

又在雨声中被敲开

那残存的古砖，墙壁，石刻

庙宇，古宅，码头……

都在风雨中向我们传递

来自遥远的信息

那繁华的人潮，仿佛河流

从古至今，在摇摆的风浪中

渐渐退下

被雨声代替

2022.5.27

古榕码头

在中渡古榕码头
古人一定没有想到
我正走在他们曾走过的青石阶上
站在他们曾站过的榕树下
看流水——

流水已不是原来的流水
但还是水
脚下原来的石板
也已不是原来的石板
而它们残留的余温，等同于
我心灵的温度
手拂过榕树根紧抱的古墙
我似乎触摸到
一点隐藏于此的秘密
那巨大的树杈伸到河中央
仿佛要掀开这个秘密
给我看

2022.5.27

在鹿鸣谷，抚摸一只幼鹿

在仙人牧鹿之地

我伸出手

向你递送友好

你用鼻子拱我的手心

那暖暖的鼻息

分明是一种信任

如果我的孩子来到这里

也一定会喜欢你

她在书上读过《鹿鸣》

也曾"呦呦"地学你叫唤

她还小，不一定理解

诗中的含义

但如果她遇见你

一定会摸摸你的头，甚至

抱抱你——

她曾梦见过的

也描画过的

身上长满梅花

亲切而美好的物种

2022.5.27

在香桥寻仙

从仙人洞出来，到香桥

我们都没有遇到仙

但看见薄雾

仙一定知道人来了

不便现身

香桥横卧峡谷两侧

像鹿寨的脊梁

在亚热带喀斯特地貌中

不轻易地显露

高山之下

有激流涛声震谷

我们沿着山道在仙境里继续寻仙

不遇

幽林之中，崖石上青青苔

老藤盘绕，榕根抱石

氤氲之中，阳光悄悄透过树叶

洒在我们身上

像隐藏在某处的仙
甩了一下手里的拂尘
告诫我们，好好玩
少些烦恼

2022.5.27

边关古榕

在友谊关，我遇见一棵古榕

它盘根遒劲，紧紧抱住一堆土石

以证明，那是属于它的

我摸着它龙形的根须，摸它巨大的树体

风吹了过来，树叶动了动

像在跟我打招呼

它把旁边的一块石头让给我坐

巨大的树冠遮出一片荫翳

它伸出一根树枝，指向地面，显得很严肃

似乎在提醒我，要珍惜

脚下的这片土地

2021.11

走天梯

白云在高处
移动或凝滞

我是另一朵云
浮在棉花天坑三百多米高空的天梯上
移动
心很轻，插了翅要飞离我
风继续推我走
脚下像踩了棉花，或更空的空气
轻轻摇晃的天梯像琴键
弹奏着惊险与恐惧
我控制呼吸，抗拒着

多么刺激的探险
我迈出的每一步艰难
都在内心踩出一个个对应的巨型空洞
这多像一种暗示——
无论是在天上，还是在人间

我们要走稳每一步

都不容易

2023.11.8

长生洞之问

你用拇指和食指之间几毫米的长度
对着钟乳石的一小截，向我比画发问：
这一小截不知能抵我们几世长久？

我不知道

对着闪闪发光的钟乳石
我不知道
从洞顶上滴下来的水，要多少年
才能倒挂成那不落的锋芒
才能凝结成耸立的石笋

我尾随着观赏的人群
一路抚摸着粗糙的历史的表面
充满疑惑
我不知道，我所穿越的这座喀斯特溶洞
是不是一个巨大的胃，它所咀嚼的
是不是我所想象的，人们所期待的
那种长生的愿望

我不知道

当我这样思索
又有一滴水从黑暗中落下
准确地落到我头顶
像一次点醒
也像一个饱含了亿万年情感的
不期待我任何回应的问候

2023.11.8

住在悬崖酒店

远远望去，我们要住的悬崖酒店
真的就建在悬崖边上
这是格外有意思的体验

当入夜，我从房间望出去
那尽是一片苍茫——
黑夜才是一座更陡峭的悬崖
我睡着睡着
会不会一不小心就跌入
美梦的深渊

2023.11.8

听水滴

从天坑崖壁降落的水滴

我能听得见它们打落在石头上的回声

具体而空灵

我伸出头去看绝壁上的杂木

它们抓紧石头

沿着我内心的陡峭

止在半空

我听见风吹动的声音

和它们的颤抖

一滴接一滴的水

从那里滴下

像一颗颗明净的小星球

奋不顾身

要撞醒空旷的尘世

——你能听见吗

2023.11.8

野葡萄藤带路

棉花天坑弯弯的野葡萄藤

给我带路

她向我伸过来叶子或卷须

最后递过来一串野葡萄

半串被虫子吃了

半串应该是留给我的

这半路上获享的，容易让人迷失的甜蜜

终是伴我向未知的秘境

行进

2023.11.8

在荔枝王树下

在玉林萝村，我随人们
从村里的明清古建筑群出来，绕到屋后
拜访一棵八百年岭南荔枝王
阳光与繁枝密叶擦肩而过
像穿越了远古，落到烟火人间，我们的身上
我摘一片草叶，吹响
回应枝叶间看不见的鸟鸣，以区别于人世沉浮
保持清脆和鲜活

2021.11.11

在大容山，观莲花瀑布

我们驱车向大容山深处

再步行，穿过陡峭的密林、幽径、老藤

向一处沟壑低谷跋涉，只是为了

来看你，从高处跌落

将自己撞碎在崖壁上

变成无数白色的水滴，带着气流

扑到人们仰出去的享受的脸

然后跌落到底部的水潭

在你巨大的欢腾声里

我们和你壮观的纵身而下合影留念

而你并不因此而停留

你从我们的脚边，滑过石头，向山下的深壑

继续行进

我不知道，有什么能像你一样

多少年来一直向下，却不厌其烦地

保持着义无反顾

2021.11.11

在小莲池边散心

小莲池安静地伏在大容山上
平如明镜
可以照见一个人的内心
风把它吹皱
应该也可以拨乱一个人的心情

有人在湖边散心，搭帐露营
有人到林间闲步，听蝉鸣
有人在欧式教堂前拍婚纱照
我以为我还年轻
用力地跳了起来
让自己这副沉重的肉身，脱离宽阔的草坪
在空中飞翔了差不多两秒

2021.11.11

掌心秋叶

在大容山的密林里

我摘红色的覆盆子

捡拾斑驳的秋叶，干枯的带刺的杉树针

放在手心

阳光很配合

照着他们，给这些秋后的孩子

一点光

我要带他们随行

回到我的小书房，夹在书里，成为其中的一页

或者，为我笔下的诗

带一点来自山野的

神秘气息

2021.11.11

仙人桥

仙，一定是闲得太久，所以
搭桥
来了人间一趟

此去江洲，路过仙人桥
不见仙

天桥飞渡
而穿过桥底的江洲河与人间路
都不深
清河翔鱼多无忧
人间低浅多凡俗

所以，仙可能去前面哪个村庄渡人去了吧
毕竟，人间还需要
更多的真情与爱恋

2021.7.10

过阴阳山

不要鄙夷
这大地的率性与张扬，
也不必，羞于启齿。

仙人过了仙人桥，来到此处，
阳山阴洞之间，
凡夫在大洼地躬身劳作，
仙人确定，要渡的人就是他，
便给他一湾流水，
作为他连接大地的血脉。

不要鄙夷，
一切大地上静默的事物，
这如同诞下我们的，沉默中抑制住欣喜的
父与母。

2021.7.10

鸳鸯泉

神到凤凰山下时，
赐给大地两潭活泉。
像两只眼睛，
一只清澈，一只浑浊。

这种暗示和隐喻，
一定是有道理的。

我先喝了清澈的一口，
心明如镜。
阳光下，水中银色的游鱼历历在目，像刀
斜身切断我内心的一丝俗念。
再喝浑浊那一潭的一口，
味道无异。
我不知，人间万般喜乐哀苦，
是否都是如此，
浑清不奇，皆一味。

鸳鸯两泉之水，汇合到一起，

源源不断，

不薄此厚彼地

流向人间薄土、良田。

2021.7.10

三门海

在三门海，

几块凝结在崇山间的碧玉，

溶解成琼浆，

从地底漫涌进天坑底，

倒映上去，就是绝壁之上的蓝天碧宇，

流出洞口的冰凉，

就是温润人间的东逝水。

这寿河之源，

我喝过它的水，让人一身轻。

老寿星站在河岸，

低头遇见游鱼，

像村里机灵的年轻人，

从自己的故乡游往下游，

别人的故乡。

2021.7.10

在穿龙岩的夕照中遇见古人题记

在穿龙岩，依洞壁而居的飞燕，
一定是被我惊扰而错乱了时空，
它把我拽进历史的片段中——

我与诸骚人墨客行至凤阳关，
叹这方奇山秀水，
在岩壁之上，提笔以记。
而听闻徐氏霞客曾至此，
却不见有记。
唯见斜阳晚照多古意，
在崖壁上抹了一层尘埃。

在石头中穿梭的乔音河，
激流如厉雷滚地，在洞厅里
把一个尘世和历史的声音
唱给我听。

2021.7.10

在平乐梦娥瑶寨喝酒

在平乐梦娥瑶寨，
我遇见最美的蓝靛
在山风中摇曳，
像一个栖息远山民族的倾诉。

黄昏时，我在炊烟下
扶着一个人的肩。
这个穿着被蓝靛浸染一身衣物的男人，
劝我喝下一碗端了很久的玉米酒。
那时我二十多岁，
仰头饮下的那一大碗，
至今仍令我感觉千回百转。

这是一个用酒来表达情谊的民族。
——多么朴素而美好的回忆！

2021.7.10

石马湖

在金牙，遇见一排排骏马，
在喀斯特群山之间，
在人间四季之间，奔腾。
跑到下牙村的时候
渴了，停了下来，到湖泊边，
饮一口夏季的碧波。

它们继续跑。
冬春冷暖，水瘦下去时，
它们饿了，大地就把一部分湖底
抬起来，
在这高山之间，形成一片广袤的草原，
让它们吃草。
脚边蹄印里的水
与蓝天同色。
抬头仰望，人间烟火被推到了更高的山上，
离天空又近了一些。

2021.7.10

红军岩

登上红军岩，远眺，
群峰静默。人间阡陌在下，
河流在下，
恒里村所有的绝美，在下。
唯独，被红色血液凝聚到一起的
三百七十四具英魂，陪在身边。

我听见，溶洞里滴水的声音，
三百七十四滴血最细微而最清晰的呐喊，
石头对石头的密语。

它们似乎要告诉我，珍惜当下，
不必羡仙。

2021.7.10

图书在版编目（CIP）数据

重叠的事物 / 牛依河著 . -- 北京：作家出版社，2024.11.
（中国少数民族文学之星丛书）. -- ISBN 978 - 7 - 5212 - 3019 - 2

Ⅰ . I227

中国国家版本馆 CIP 数据核字第 2024EJ4988 号

重叠的事物

作　　者：牛依河
责任编辑：李亚梓
特约编辑：郑　函
装帧设计：琥珀视觉
出版发行：作家出版社有限公司
社　　址：北京农展馆南里 10 号　　　　邮　　编：100125
电话传真：86 - 10 - 65067186（发行中心）
　　　　　86 - 10 - 65004079（总编室）
E - mail: zuojia@zuojia. net. cn
http: // www.ZUOJIACHUBANSHE.COM
印　　刷：唐山玺诚印务有限公司
成品尺寸：152 × 230
字　　数：121 千
印　　张：14.25
版　　次：2024 年 11 月第 1 版
印　　次：2024 年 11 月第 1 次印刷
ISBN 978 - 7 - 5212 - 3019 - 2
定　　价：52.00 元